KB275263

윤동주 필사

윤동주 필사

별과 바람
그리고
나를 힐링하는 시간

북 카라반
CARAVAN

차례

서시 序詩

죽는 날까지 하늘을 우러러
한 점 부끄럼이 없기를,
잎새에 이는 바람에도
나는 괴로워했다.
별을 노래하는 마음으로
모든 죽어가는 것을 사랑해야지
그리고 나한테 주어진 길을
걸어가야겠다.

죽는 날까지 하늘을 우러러
한 점 부끄럼이 없기를,

오늘 밤에도 별이 바람에 스치운다.

1

자화상 _{自畵像}

산모퉁이를 돌아 논가 외딴 우물을 홀로 찾아가선 가만히 들여다봅니다.

우물 속에는 달이 밝고 구름이 흐르고 하늘이 펼치고 파아란 바람이 불고 가을이
있습니다.

다시 그 사나이가 미워져 돌아갑니다.
돌아가다 생각하니 그 사나이가 그리워집니다.

우물 속에는 달이 밝고 구름이 흐르고 하늘이 펼치고 파아란 바람이
불고 가을이 있고 추억처럼 사나이가 있습니다.

– 〈자화상〉 중에서

소년少年

　여기저기서 단풍잎 같은 슬픈 가을이 뚝뚝 떨어진다. 단풍잎 떨어져 나온 자리마다 봄을 마련해 놓고 나뭇가지 위에 하늘이 펼쳐 있다. 가만히 하늘을 들여다보려면 눈썹에 파란 물감이 든다. 두 손으로 따뜻한 볼을 쓸어보면 손바닥에도 파란 물감이 묻어난다. 다시 손바닥을 들여다본다. 손금에는 맑은 강물이 흐르고, 맑은 강물이 흐르고, 강물 속에는 사랑처럼 슬픈 얼굴—아름다운 순이順伊의 얼굴이 어린다. 소년은 황홀히 눈을 감아 본다. 그래도 맑은 강물은 흘러 사랑처럼 슬픈 얼굴—아름다운 순이順伊의 얼굴은 어린다.

돌아와 보는 밤

세상으로부터 돌아오듯이 이제 내 좁은 방에 돌아와 불을 끄옵니다. 불을 켜두는 것은 너무나 피로롭은 일이옵니다. 그것은 낮의 연장이옵기에—

이제 창을 열어 공기를 바꾸어 들여야 할 텐데 밖을 가만히 내다보아야 방안과 같이 어두워 꼭 세상 같은데 비를 맞고 오던 길이 그대로 비속에 젖어 있사옵니다.

하루의 울분을 씻을 바 없어 가만히 눈을 감으면 마음속으로 흐르는 소리, 이제 사상이 능금처럼 저절로 익어 가옵니다.

    살구나무 그늘로 얼굴을 가리고 병원 뒤뜰에 누워, 젊은 여자가 흰옷 아래로 하얀 다리를 드러내 놓고 일광욕을 한다. 한나절이 기울도록 가슴을 앓는다는 이 여자를 찾아오는 이, 나비 한 마리도 없다. 슬프지도 않은 살구나무 가지에는 바람도 없다.

병원病院

    살구나무 그늘로 얼굴을 가리고 병원 뒤뜰에 누워, 젊은 여자가 흰옷 아래로 하얀 다리를 드러내 놓고 일광욕을 한다. 한나절이 기울도록 가슴을 앓는다는 이 여자를 찾아오는 이, 나비 한 마리도 없다. 슬프지도 않은 살구나무 가지에는 바람도 없다.

　　나도 모를 아픔을 오래 참다 처음으로 이곳에 찾아왔다. 그러나 나의 늙은 의사는 젊은이의 병을 모른다. 나한테는 병이 없다고 한다. 이 지나친 시련, 이 지나친 피로, 나는 성내서는 안 된다.

-〈병원〉 중에서

새로운 길

내를 건너서 숲으로
고개를 넘어서 마을로

어제도 가고 오늘도 갈
나의 길 새로운 길

민들레가 피고 까치가 날고
아가씨가 지나고 바람이 일고

나의 길은 언제나 새로운 길
오늘도…… 내일도……

내를 건너서 숲으로
고개를 넘어서 마을로

간판 看板 없는 거리

정거장 플랫폼에
내렸을 때 아무도 없어,

다들 손님들뿐,
손님 같은 사람들뿐,

집집마다 간판이 없어
집 찾을 근심이 없어

빨갛게
파랗게
불 붙는 문자도 없이

모퉁이마다
자애로운 헌 와사등에
불을 켜놓고,

손목을 잡으면
다들, 어진 사람들
다들, 어진 사람들

봄, 여름, 가을, 겨울,
순서로 돌아들고.

십자가 十字架

쫓아오던 햇빛인데
지금 교회당 꼭대기
십자가에 걸리었습니다.

첨탑이 저렇게도 높은데
어떻게 올라갈 수 있을까요.

십자가 十字架

쫓아오던 햇빛인데
지금 교회당 꼭대기

괴로웠던 사나이,
행복한 예수 그리스도에게
처럼
십자가가 허락된다면

모가지를 드리우고
꽃처럼 피어나는 피를
어두워 가는 하늘 밑에
조용히 흘리겠습니다.
-〈십자가〉 중에서

바람이 불어

바람이 어디로부터 불어 와
어디로 불려 가는 것일까,

바람이 부는데
내 괴로움에는 이유가 없다.
내 괴로움에는 이유가 없을까,

단 한 여자를 사랑한 일도 없다.
시대를 슬퍼한 일도 없다.

바람이 자꾸 부는데
내 발이 반석 위에 섰다.

강물이 자꾸 흐르는데
내 발이 언덕 위에 섰다.

슬픈 족속族屬

흰 수건이 검은 머리를 두르고
흰 고무신이 거친 발에 걸리우다.

흰 저고리 치마가 슬픈 몸집을 가리고
흰 띠가 가는 허리를 질끈 동이다.

눈 감고 간다

태양을 사모하는 아이들아
별을 사랑하는 아이들아
밤이 어두웠는데
눈 감고 가거라.

가진 바 씨앗을
뿌리면서 가거라.
발뿌리에 돌이 채이거든
감았던 눈을 와짝 떠라.

또 다른 고향_{故鄕}

고향에 돌아온 날 밤에
내 백골이 따라와 한방에 누웠다.

어둔 방은 우주로 통하고
하늘에선가 소리처럼 바람이 불어 온다.

어둠 속에서 곱게 풍화작용하는
백골을 들여다보며
눈물짓는 것이 내가 우는 것이냐
백골이 우는 것이냐
아름다운 혼이 우는 것이냐
-〈또 다른 고향〉 중에서

길

잃어버렸습니다.
무얼 어디다 잃었는지 몰라
두 손이 주머니를 더듬어
길에 나아갑니다.

내가 사는 것은, 다만,
잃은 것을 찾는 까닭입니다.

-〈길〉 중에서

별 헤는 밤

가슴속에 하나 둘 새겨지는 별을
이제 다 못 헤는 것은
쉬이 아침이 오는 까닭이요,
내일 밤이 남은 까닭이요,
아직 나의 청춘이 다하지 않은 까닭입니다.

별 하나에 추억과
별 하나에 사랑과
별 하나에 쓸쓸함과
별 하나에 동경과
별 하나에 시와
별 하나에 어머니, 어머니,
-〈별 헤는 밤〉 중에서

2

흰 그림자

이제 어리석게도 모든 것을 깨달은 다음
오래 마음 깊은 속에
괴로워하던 수많은 나를
하나, 둘 제 고장으로 돌려보내면
거리모퉁이 어둠 속으로
소리없이 사라지는 흰 그림자,

-〈흰 그림자〉 중에서

이제 어리석게도 모든 것을 깨달은 다음
오래 마음 깊은 속에
괴로워하던 수많은 나를

사랑스런 추억追憶

봄이 오던 아침, 서울 어느 쪼그만 정차장에서 희망과 사랑처럼 기차를 기다려,

나는 플랫폼에 간신한 그림자를 떨어뜨리고, 담배를 피웠다.

내 그림자는 담배연기 그림자를 날리고
비둘기 한떼가 부끄러울 것도 없이
나래 속을 속, 속, 햇빛에 비춰 날았다.

사랑스런 추억追憶

봄이 오던 아침, 서울 어느 쪼그만 정차장에서 희망과 사랑처럼 기차를 기다려,

나는 플랫폼에 간신한 그림자를 떨어뜨리고, 담배를 피웠다.

오늘도 기차는 몇번이나 무의미하게 지나가고,

오늘도 나는 누구를 기다려 정차장 가차운 언덕에서 서성거릴 게다.

— 아아 젊음은 오래 거기 남아 있거라.

-〈사랑스런 추억〉 중에서

산골 물

괴로운 사람아 괴로운 사람아
옷자락 물결 속에서도
가슴속 깊이 돌돌 샘물이 흘러
이 밤을 더불어 말할 이 없도다.
거리의 소음과 노래 부를 수 없도다.
그신 듯이 냇가에 앉았으니
사랑과 일을 거리에 맡기고
가만히 가만히
바다로 가자,
바다로 가자.

명상_{瞑想}

가츨가츨한 머리칼은 오막살이 처마끝,
쉬파람에 콧마루가 서운한 양 간질키오.

들창같은 눈은 가볍게 닫혀
이밤에 연정은 어둠처럼 골골히 스며드오.

흐르는 거리

'새로운 날 아침 우리 다시 정답게 손목을 잡아보세' 몇자 적어 포스트 속에 떨어뜨리고, 밤을 새워 기다리면 금휘장金徽章에 금단추를 삐었고 거인처럼 찬란히 나타나는 배달부, 아침과 함께 즐거운 내임來臨, 이 밤을 하염없이 안개가 흐른다.

-〈흐르는 거리〉 중에서

흐르는 거리

'새로운 날 아침 우리 다시 정답게 손목을 잡아보세' 몇자 적어 포스트 속에 떨어뜨리고, 밤을 새워 기다리면 금휘장金徽章에 금단추를 삐었고 거인처럼 찬란히 나타나는 배달부, 아침과 함께 즐거운 내임來臨, 이 밤을 하염없이 안개가 흐른다.

봄

봄이 혈관 속에 시내처럼 흘러
돌, 돌, 시내 가차운 언덕에
개나리, 진달래, 노오란 배추꽃

삼동三冬을 참아 온 나는
풀포기처럼 피어난다.

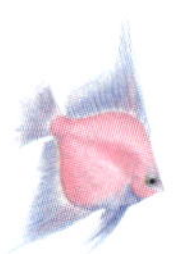

봄이 혈관 속에 시내처럼 흘러
돌, 돌, 시내 가차운 언덕에
개나리, 진달래, 노오란 배추꽃

삼동三冬을 참아 온 나는
풀포기처럼 피어난다.

즐거운 종달새야
어느 이랑에서 즐거웁게 솟쳐라.

푸르른 하늘은
아른아른 높기도 한데……

달밤

흐르는 달의 흰 물결을 밀쳐
여윈 나무 그림자를 밟으며
북망산을 향한 발걸음은 무거웁고
고독을 반려한 마음은 슬프기도 하다.
- 〈달밤〉 중에서

황혼黃昏이 바다가 되어

하루도 검푸른 물결에
흐느적 잠기고…… 잠기고……
저—원 검은 고기 떼가
물든 바다를 날아 횡단할고.

낙엽이 된 해초
해초마다 슬프기도 하오.

서창에 걸린 해말간 풍경화.
옷고름 너어는 고아孤兒의 서름.

-〈황혼이 바다가 되어〉 중에서

삶과 죽음

삶은 오늘도 죽음의 서곡을 노래하였다.
이 노래가 언제나 끝나랴

세상 사람은—
뼈를 녹여내는 듯한 삶의 노래에
춤을 춘다.
사람들은 해가 넘어가기 전
이 노래 끝의 공포를
생각할 사이가 없었다.

-〈삶과 죽음〉 중에서

3

참회록懺悔錄

나는 나의 참회의 글을 한 줄에 줄이자
—만 24년 1개월을
무슨 기쁨을 바라 살아 왔던가

내일이나 모레나 그 어느 즐거운 날에
나는 또 한 줄의 참회록을 써야 한다.
—그때 그 젊은 나이에
왜 그런 부끄런 고백을 했던가

밤이면 밤마다 나의 거울을
손바닥으로 발바닥으로 닦아 보자.

-〈참회록〉 중에서

나는 나의 참회의 글을 한 줄에 줄이자
—만 24년 1개월을
무슨 기쁨을 바라 살아 왔던가

내일이나 모레나 그 어느 즐거운 날에

간肝

바닷가 햇빛 바른 바위 위에
습한 간을 펴서 말리우자,

코카사쓰 산중에서 도망해 온 토끼처럼
둘러리를 빙빙 돌며 간을 지키자,

내가 오래 기르던 여윈 독수리야!
와서 뜯어 먹어라, 시름없이

너는 살지고
나는 여위어야지, 그러나,

거북이야!
다시는 용궁의 유혹에 안 떨어진다.

프로메테우스, 불쌍한 프로메테우스
불 도적한 죄로 목에 맷돌을 달고
끝없이 침전하는 프로메테우스.

위로^{慰勞}

나비가 한 마리 꽃밭에 날아들다 그물에 걸리었다. 노—란 날개를 파득거려도
파득거려도 나비는 자꾸 감기우기만 한다. 거미가 쏜살같이 가더니 끝없는 끝없는
실을 뽑아 나비의 온몸을 감아 버린다. 사나이는 긴 한숨을 쉬었다.

나이보담 무수한 고생 끝에 때를 잃고 병을 얻은 이 사나이를 위로할 말이
—거미줄을 헝클어 버리는 것밖에 위로의 말이 없었다.

-〈위로〉 중에서

달같이

연륜이 자라듯이
달이 자라는 고요한 밤에
달같이 외로운 사랑이
가슴 하나 뻐근히
연륜처럼 피어 나간다.

고추밭

시들은 잎새 속에서
고 빠알간 살을 드러내 놓고,
고추는 방년芳年•된 아가씬 양
땍볕에 자꾸 익어 간다.

할머니는 바구니를 들고
밭머리에서 어정거리고
손가락 너어는 아이는
할머니 뒤만 따른다.

• 이십 세 전후의 한창 젊은 꽃다운 나이

아우의 인상화印象畵

붉은 이마에 싸늘한 달이 서리어
아우의 얼굴은 슬픈 그림이다.

발걸음을 멈추어
살그머니 앳된 손을 잡으며
'늬는 자라 무엇이 되려니'
'사람이 되지'
아우의 설은 진정코 설은 대답이다.

슬며시 잡았던 손을 놓고
아우의 얼굴을 다시 들여다본다.
-〈아우의 인상화〉 중에서

붉은 이마에 싸늘한 달이 서리어
아우의 얼굴은 슬픈 그림이다.

발걸음을 멈추어
살그머니 앳된 손을 잡으며

사랑의 전당殿堂

우리들의 전당은
고풍古風한 풍습이 어린 사랑의 전당

어둠과 바람이 우리 창에 부닥치기 전
나는 영원한 사랑을 안은 채
뒷문으로 멀리 사라지련다.

이제 네게는 삼림 속의 아늑한 호수가 있고
내게는 험준한 산맥이 있다.

-〈사랑의 전당〉 중에서

이적 異蹟

발에 터부한 것을 다 빼어버리고
황혼이 호수 위로 걸어오듯이
나도 사뿐사뿐 걸어보리이까?

내사 이 호수가로
부르는 이 없이
불리워온 것은
참말 이적이외다.

발에 터부한 것을 다 빼어버리고
황혼이 호수 위로 걸어오듯이
나도 사뿐사뿐 걸어보리이까?

내사 이 호수가로
부르는 이 없이

오늘 따라
연정戀情, 자홀自惚, 시기猜忌, 이것들이
자꾸 금메달처럼 만져지는구료

하나, 내 모든 것을 여념없이
물결에 씻어보내려니
당신은 호면湖面으로 나를 불러내소서.

비오는 밤

쏴— 철석! 파도소리 문살에 부서져
잠 살포시 꿈이 흩어진다.

잠은 한낱 검은 고래 떼처럼 설레어
달랠 아무런 재주도 없다.

불을 밝혀 잠옷을 정성스레 여미는
삼경.
염원.

동경의 땅 강남에 또 홍수질것만 싶어
바다의 향수보다 더 호젓해진다.

창_窓

쉬는 시간마다
나는 창녘으로 갑니다.

—창은 산 가르침.

이글이글 불을 피워주소,
이 방에 찬 것이 서럽니다.

단풍잎 하나
맴도나 보니
아마도 자그마한 선풍旋風이 인 게외다.

그래도 싸느란 유리창에
햇살이 쨍쨍한 무렵,
상학종上學鐘이 울어만 싶습니다.

바다

실어다 뿌리는
바람조차 시원타.

솔나무 가지마다 샛춤히
고개를 돌리어 뻐들어지고,

밀치고
밀치운다.

이랑을 넘는 물결은
폭포처럼 피어오른다.

해변에 아이들이 모인다
찰찰 손을 씻고 구보로.

바다는 자꾸 섧어진다.
갈매기의 노래에……

돌아다보고 돌아다보고
돌아가는 오늘의 바다여!

비로봉 毘盧峰峰

만상을
굽어보기란—

무릎이
오들오들 떨린다.

백화
어려서 늙었다.

비로봉 毘盧峰峰

만상을
굽어보기란—

새가
나비가 된다.

정말 구름이
비가 된다.

옷자락이
칩다.

산협_{山峽}의 오후_{吾後}

내 노래는 오히려
섧은 산울림.

골짜기 길에
떨어진 그림자는
너무나 슬프구나

오후의 명상은
아— 졸려.

소낙비

번개, 뇌성, 왁자지끈 뚜다려
머—ㄴ 도회지에 낙뢰가 있어만 싶다.

벼루짱 엎어논 하늘로
살 같은 비가 살처럼 쏟아진다.

손바닥만한 나의 정원이
마음같이 흐린 호수되기 일쑤다.

바람이 팽이처럼 돈다.
나무가 머리를 이루잡지 못한다.

내 경건한 마음을 모셔드려
노아 때 하늘을 한모금 마시다.

풍경風景

봄바람을 등진 초록빛 바다
쏟아질 듯 쏟아질 듯 위태롭다.

잔주름 치마폭의 두둥실거리는 물결은
오스라질 듯 한끝 경쾌롭다.

-〈풍경〉 중에서

장

이른 아침 아낙네들은 시들은 생활을
바구니 하나 가득 담아 이고……
업고 지고…… 안고 들고……
모여드오 자꾸 장에 모여드오.

가난한 생활을 골골이 벌여 놓고
밀려 가고 밀려 오고……
저마다 생활을 외치오…… 싸우오.

왼하로 올망졸망한 생활을
되질하고 저울질하고 자질하다가
날이 저물어 아낙네들이
쓴 생활과 바꾸어 또 이고 돌아가오.

밤

오양간 당나귀
아—ㅇ 외마디 울음울고,

당나귀 소리에
으— 아 아 애기 소스라쳐 깨고

등잔에 불을 다오.

아버지는 당나귀에게
짚을 한키 담아 주고,

어머니는 애기에게
젖을 한모금 먹이고,

밤은 다시 고요히 잠드오.

밤

오양간 당나귀
아—ㅇ 외마디 울음울고,

당나귀 소리에
으— 아 아 애기 소스라쳐 깨고

아침

휙,휙,휙,
소꼬리가 부드러운 채찍질로
어둠을 쫓아,
캄, 캄, 어둠이 깊다깊다 밝으오.

이제 이 동리의 아침이
풀살 오른 소엉덩이처럼 푸르오.
이 동리 콩죽 먹은 사람들이
땀물을 뿌려 이 여름을 길렀소.
잎, 잎, 풀잎마다 땀방울이 맺혔소.

구김살 없는 이 아침을
심호흡하오 또 하오.

빨래

빨래줄에 두 다리를 드리우고
흰 빨래들이 귓속이야기하는 오후,

쨍쨍한 7월 햇발은 고요히도
아담한 빨래에만 달린다.

꿈은 깨어지고

잠은 눈을 떴다
그윽한 유무幽霧에서.

노래하던 종달이
도망쳐 날아나고,

지난날 봄타령하던
금잔디밭은 아니다.

꿈은 깨어지고

잠은 눈을 떴다
그윽한 유무幽霧에서.

탑은 무너졌다,
붉은 마음의 탑이―
손톱으로 새긴 대리석탑이―
하루저녁 폭풍에 여지없이도

오오 황폐의 쑥밭,
눈물과 목메임이여!

꿈은 깨어졌다
탑은 무너졌다.

산림山林

천년 오래인 연륜에 짜들은 유암幽暗한 산림이
고달픈 한몸을 포용할 인연을 가졌나 보다.

산림의 검은 파동 우으로부터
어둠은 어린 가슴을 짓밟고
이파리를 흔드는 저녁바람이
쏴— 공포에 떨게 한다.

-〈산림〉 중에서

산림山林

천년 오래인 연륜에 짜들은 유암幽暗한 산림이
고달픈 한몸을 포용할 인연을 가졌나 보다.

산림의 검은 파동 우으로부터
어둠은 어린 가슴을 짓밟고
이파리를 흔드는 저녁바람이

이런 날

사이좋은 정문의 두 돌기둥 끝에서
오색기와 태양기가 춤을 추는 날,
금을 그은 지역의 아이들이 즐거워하다.

아이들에게 하루의 건조한 학과學課로
해말간 권태가 깃들고
'모순矛盾' 두 자를 이해치 못하도록
머리가 단순하였구나.

이런 날에는
잃어버린 완고하던 형을
부르고 싶다.

산상山上

한나절의 태양이
함석지붕에만 비치고,
굼벵이 걸음을 하던 기차가

정차장에 섰다가 검은 내를 토하고
또 걸음발을 탄다.

텐트 같은 하늘이 무너져
이 거리를 덮을까 궁금하면서
좀더 높은 데로 올라가고 싶다.
-〈산상〉 중에서

산상山上

한나절의 태양이
함석지붕에만 비치고,
굼벵이 걸음을 하던 기차가

닭

―닭은 나래가 커도
왜 날잖나요

―아마 두엄 파기에
홀 잊었나봐.

가슴1

소리 없는 북,
답답하면 주먹으로
뚜다려 보오.

그래 봐도
후—
가아는 한숨보다 못하오.

비둘기

안아보고 싶게 귀여운
산비둘기 일곱 마리

하늘 끝까지 보일 듯이 맑은 공일날 아침에
벼를 거두어 빤빤한 논에
앞을 다투어 모이를 주으며
어려운 이야기를 주고받으오

안아보고 싶게 귀여운
산비둘기 일곱 마리

하늘 끝까지 보일 듯이 맑은 공일날 아침에

날씬한 두 나래로 조용한 공기를 흔들어
두 마리가 나오
집에 새끼 생각이 나는 모양이오.

남南쪽 하늘

제비는 두 나래를 가지었다.
시산한 가을날—

어머니의 젖가슴이 그리운
서리 나리는 저녁—
어린 영靈은 쪽나래의 향수를 타고
남쪽 하늘에 떠돌 뿐—

창공 蒼空

천막같은 하늘 밑에서
떠들던, 소나기
그리고 번개를,
춤추던 구름은 이끌고
남방으로 도망하고,
높다랗게 창공은 한폭으로
가지 위에 퍼지고
둥근 달과 기러기를 불러 왔다.

푸르른 어린 마음이 이상에 타고,
그의 동경의 날 가을에
조락凋落의 눈물을 비웃다.

-〈창공〉 중에서

거리에서

괴롬의 거리
재색빛 밤거리를
걷고 있는 이 마음
선풍旋風이 일고 있네

외로우면서도
한 갈피 두 갈피
피어나는 마음의 그림자,
푸른 공상이
높아졌다 낮아졌다.
-〈거리에서〉 중에서

4

산울림

까치가 울어서
산울림,
아무도 못 들은
산울림,

까치가 들었다.
산울림,
저 혼자 들었다
산울림.

해바라기 얼굴

누나의 얼굴은
해바라기 얼굴
해가 금방 뜨자
일터에 간다.

해바라기 얼굴은
누나의 얼굴
얼굴이 숙어들어
집으로 온다.

반딧불

가자 가자 가자
숲으로 가자
달조각을 주으려
숲으로 가자.

그믐밤 반딧불은
부서진 달조각,

가자 가자 가자
숲으로 가자
달조각을 주으려
숲으로 가자.

둘 다

바다도 푸르고
하늘도 푸르고

바다도 끝없고
하늘도 끝없고

바다에 돌 던지고
하늘에 침 뱉고

바다는 벙글
하늘은 잠잠.

바다도 푸르고
하늘도 푸르고

바다도 끝없고
하늘도 끝없고

거짓부리

똑, 똑, 똑,
문 좀 열어주세요
하룻밤 자고 갑시다.
　　밤은 깊고 날은 추운데
　　거 누굴까?
문 열어주고 보니
검둥이의 꼬리가
거짓부리한걸.

꼬기요, 꼬기요,
달걀 낳았다.
간난아 어서 집어 가거라
　간난이 뛰어가 보니
　달걀은 무슨 달걀,
고놈의 암탉이
대낮에 새빨간
거짓부리 한걸.

눈

지난밤에
눈이 소오복이 왔네

지붕이랑
길이랑 밭이랑
추워한다고
덮어주는 이불인가봐

그러기에
추운 겨울에만 나리지

편지

누나!
이 겨울에도
눈이 가득히 왔습니다.

흰 봉투에
눈을 한 줌 넣고
글씨도 쓰지 말고
우표도 붙이지 말고
말쑥하게 그대로
편지를 부칠까요?

누나 가신 나라엔
눈이 아니 온다기에.

햇비

아씨처럼 나린다
보슬보슬 햇비
맞아 주자 다 같이
옥수숫대처럼 크게
닷자 엿자 자라게
햇님이 웃는다
나 보고 웃는다.

아씨처럼 나린다
보슬보슬 햇비
맞아 주자 다 같이
옥수숫대처럼 크게

하늘다리 놓였다
알롱알롱 무지개
노래하자 즐겁게
동무들아 이리 오나
다 같이 춤을 추자
햇님이 웃는다
즐거워 웃는다

병아리

'뽀, 뽀, 뽀,
엄마 젖 좀 주'
병아리 소리.

'꺽, 꺽, 꺽,
오냐 좀 기다려'
엄마 닭 소리.

좀 있다가
병아리들은
엄마 품속으로
다 들어 갔지요.

겨울

처마 밑에
시래기 다래미
바삭바삭
추워요.

길바닥에
말똥 동그램이
달랑달랑
얼어요.

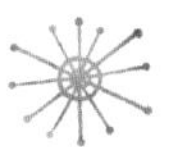

처마 밑에
시래기 다래미

5

이별 離別

눈이 오다 물이 되는 날
잿빛 하늘에 또 뿌연내 그리고
크다란 기관차는 빼— 액— 울며
조고만 가슴은 울렁거린다.

이별이 너무 재빠르다, 안타깝게도
사랑하는 사람을
일터에서 만나자 하고—
더운 손의 맛과 구슬 눈물이 마르기 전
기차는 꼬리를 산굽으로 돌렸다.

Love

모란봉牡丹峰에서

앙당한 소나무 가지에
훈훈한 바람의 날개가 스치고
얼음 섞인 대동강물에
한나절 햇발이 미끌어지다.

허물어진 성터에서
철모르는 여아들이
저도 모를 이국말로
재잘대며 뜀을 뛰고
난데없는 자동차가 밉다.

그 여자女子

함께 핀 꽃에 처음 익은 능금은
먼저 떨어졌습니다.

오늘도 가을 바람은 그냥 붑니다.

길가에 떨어진 붉은 능금은
지나는 손님이 집어 갔습니다.

코스모스

청초한 코스모스는
오직 하나인 나의 아가씨

달빛이 싸늘히 추운 밤이면
옛 소녀가 못 견디게 그리워
코스모스 핀 정원으로 찾아간다.

코스모스는
귀또리 울음에도 수집어지고
코스모스 앞에 선 나는
어렸을 적처럼 부끄러워지나니

내 마음은 코스모스의 마음이요
코스모스의 마음은 내 마음이다.

내일은 없다

내일 내일 하기에
물었더니
밤을 자고 동틀 때
내일이라고
새날을 찾던 나는
잠을 자고 돌보니
그때는 내일이 아니라
오늘이더라
무리여! 동무여!
내일은 없나니
…………

호주머니

넣을 것 없어
걱정이던
호주머니는

겨울만 되면
주먹 두 개 갑북갑북.

사과

붉은 사과 한 개를
아버지 어머니
누나 나 넷이서
껍질 채로 송치까지
다아 나눠 먹었소.

윤동주 필사

ⓒ 윤동주

초판 1쇄 2025년 12월 9일 찍음
초판 1쇄 2025년 12월 30일 펴냄

지은이 | 윤동주
펴낸이 | 이태준

인쇄·제본 | 지경사문화

펴낸곳 | 북카라반
출판등록 | 제17-332호 2002년 10월 18일

주소 | (04031) 서울시 마포구 동교로 22길 29 성지빌딩 3층
전화 | 02-486-0385
팩스 | 02-474-1413

ISBN 979-11-6005-160-5 03810
값 16,800원